JN115722

そこらじゅう空

なみの亜子

歌集

砂子屋書房

*目次

装本・倉本　修

歌集　そこらじゅう空

二〇一五年

絶望の記憶は不思議な発光に白みをはなつわ
が脳の辺に

夜の景に

もやもやと月のあやうき夜の景に野良着のかかるグミの木の立つ

間隔の小さき雪の降りだせば山おのずから身をのりだしぬ

踏みしめる体感あらず踏み踏めるきみの歩みの定まりがたし

ジーンズを軒下に吊るわが家のまぎれなきまで老いたる窓辺

かろうじて乾けるタオルに冬風のにおいはしたりさむい白いろ

生き場所は死に場所ならずはつ雪の早もやみいてまぼろしの峰

うすいとこ

照りののち雨得て樹々は身の丈をとりもどしたり欅は欅の

雨合羽に雨の記憶はうすいところうすいところをつめたくする音

山に向き犬はただしく座りおりほどけたなびく雲間の山に

耳は風にたちつくすのみに遠山にゴミ焼く缶のころがる音きく

仕度して

平熱の文体として杉の山腹たつわあとまた声にして出す

合歓の花落ちいる道をふわふわと毛をもつ犬ら旧知のごとく

仕度して別れるべきを散らかして今日も鳶をながく見ており

どうしようどうしようという母の声風呂の底いに聞いていたのだ

二〇一六年

すかすかする芝生を靴に踏みながら山の遠さ
を眺めていたり

夜なべ

扉(と)のしまる直前母はかたわらを脱けたり夢の列車に乗れば

ひよどりの二羽の揺すれる細枝に木の芽は木の芽を連れて上下す

十三年分の過剰をぶんぶんと捨てゆくしだいに腹を立てつつ

家移りにいたりて気づく大切なもののわれになんと少なし

最終の汲み取り電話に頼むなり水企興業世話になったぜ

鼻の裾くしゃくしゃ皺っぽき夕べ泣きたさを堪えていたと気がつく

もの持つはおぞましきかな百五十箱を越えつつ荷詰めの夜なべ

いまどこに

とんび見ずとんびのおらず岸和田の久米田の田圃に家建て住めば

いまどこにいるんやっけか犬二頭と立ち止まり見るあぶくの小川

春木川は轟川に名を変えてこの小さき橋は轟橋なり

上空に電線鉄塔いっぱいでほんでも光ファイバー来てへん

増水の川と思いて覚めたればいっせいに田に水の入る朝

ごうごうと田に田に水の入りゆきてその後をおおいに鳴き合う蛙

春木川沿い

田の水に雨後のひかりは列ほぐし思い思いに向く苗を見す

鳴きだせば声は声連れ早苗田に水深を生む雨の合間を

息継ぎは息継ぎでまた一斉に間をとるながくかえるの鳴きは

立ち漕ぎのチャリンコ三台兄ちゃんと声して後を補助チャリがゆく

ある朝は遊具ポールの根方まで上陸遂げし亀を避けつつ

亀、亀、とまた弟が遅れだす春木川沿い黄帽子ふたつ

かんざしにして遊んだ草が夏の陽に輝（て）りつつ反れる踏めど反りいる

父を見にゆく

草深むわれらが山にすうすうと花を寝かせておらむ茗荷は

南海の岸和田駅まで雨は来て去ってしまいぬ暑熱にあえぐ

こんなにもしんどかったかあの頃の母臥せいしもご飯せがみき

持ち重り増しゆく肉身をはこびつつ腰おかしいという父を見にゆく

覚えなき圧迫骨折者の父のショートステイ先三カ所となる

父異変に駆けつけすぐに尿瓶オムツ買いにゆきしを皆に褒めらる

出かければ疲弊しおらむ家居の夫思い出すとき行方失せたし

ほんま言うたら

息できぬまでの嗚咽に目を覚ます天窓に朝はおもくもたれて

脚が脚が、とひとの呻きに始まれるこの家の朝（朝死ねと思う）

この世にもう心のはずむことのなしくるくるしいと鳩の遠鳴く

うたのこと父母のことときみのことほんま言うたらもうめんどくさい

だんじりの後の虚脱の朝朝をときおりお囃子復習（さら）う誰かが

老い犬を川に浸からせ見るともなく見ればそこらじゅう空だらけなり

風嗅ぐ犬に

二〇〇人待ちの特養に母入れて達成感のごときを得たり

二十七と九十三がたいせつで母は母の世に数え続ける

しずしずと身体なだれる車椅子の母はるちゃんと短く会いぬ

畦の端にみずひきの花のゆるく咲くそこゆ歩めり老い犬二頭と

少し顎をあげて両目をかるく閉ず風嗅ぐ犬にならう日暮れは

吹き抜けの空間にきみの杖音は高度を得たり夜更けはさらに

ひろた君

平たさをおしひろげつつ岸和田の田畑に冬の空の降りくる

暴風雪予報ぽかんと関わりのなくて久米田にチャリの子群れぬ

ジーンズにチャリを蹴りつつわが犬の名を連呼するだんじりの子ら

春木川に勝手にしたしむ　鴨一家小さきが鳴けば大き飛び来る

気の抜けたボールひろいてその後をひろた君というボールに遊ぶ

二〇一七年

動こうとしない重たい雲ばかりなにかできる
と錯覚してた

小舟

朝がきて目覚めることの絶望にはじまるひと日ようやく冬日

高圧線にふゆ風吹けば何本も何本もとおい駅発つ列車

わたしにはいつも沼なり鳥つどう久米田の池に岸のあらねば

葉のような小舟のきっと沼底にほどけ眠らむ深み生みつつ

ぞうきんをモップ掛けしてファンを点け犬など小突く杖もて人は

こーという音してめぐるあのひとの血のぜんぶ雪に泳いで抱いた

名もなき山に雪が降ります息吸えば雪吸って鳶まぶしく飛んで

滑り台より

細切れに糞する犬のじいさんとゆっくりゆっくり公園まわる

クローバー楕円に群れるひとところにわかに土の質感や増す

銀色の滑り台よりわが犬の名を呼び放つ声のかがやき

しげ丸という犬友だちと会えぬ夕とぼとぼ帰るれんげを見つつ

人呼んでだんじり男しばしばを通報されてパトカーが追う

ど真ん中がないこの庭に植えたくてそよごの苗木を園に見にゆく

お花見

れんげ咲く田の畦通れば白き鳥おおきな態度に人払いせり

ごろべえの田んぼ造成捗りぬプラチナタウンの幟はためく

お花見のつもりに犬と杖のひとゆるく率いて久米田の堤

空家バンクに載せしわが家をひと組の夫婦今ごろ見て回るらむ

風に降る花にこの世の白みゆく杖にもたれて花見る人も

さあさあと

ぶちっぶちっと音たて犬の食いちぎる草の形状に特徴のなし

わが犬を真似て草食みしハナちゃんを動物病院に見かけしと聞く

大いなるいびきに送られ出し家を思えばどんどんどんどん腹立つ

ながく会わぬ母の個室にお習字の「九十七」の書貼られいしとう

何年も母のする謎のカウントアップまれに達しつ百の位に

さあさあと鳴る樹の下に老い犬の二頭とながく物思いせり

藤の花の散りしがぐるりをいろどりて広場に少年野球は続く

「ギ　ル　や」

なんでこんなに寒いんやろか夢のなかざるそば待つ間を呟くわたし

久米田池という基地もつ鳥どもの今朝も元気に威嚇してくる

柵越しに薄白き鳥が覗きおり少年の「ギルや」とう声あがる池

梅雨空に雨だけがない　体臭が変わったことを隠しつづける

まだ生きて特養に居る母の家より持ち出しし宝石いくらにもならず

こんなものを大事にしていし母はるちゃんいいとこ二万の宝石指輪

出勤も自立訓練もなくて卓の前ひとはずんぐり山となりたり

口が勝手に暴言を吐き遅れ遅れに脳は吐かれた言葉におどろく

茗荷の花

日本刀に知人を斬りしという事件ご近所なれどなんやこの違和感

百日紅うす桃色の花咲かす一樹をめざす今日とりあえず

樹のつくる三角形の影のなかわが夕暮れの指定席はあり

病状が変わってきたんやと引き籠もるきみはやっぱり病人でしたか

気づかれぬように閉じいるまなぶたの茗荷の花よ触れにゆきたし

次第に家人に居られるだけで体調の狂うわが身にわが身のうめく

へくそかずらのびのびとして電柱の高さを巻きぬ花灯しつつ

いつだって祭囃子は山になる木の実のごとき遠きにぎわい

えらかったねコー

吹く息の足りない笛のごとき音（ね）に鳴きつづけたり犬苦しくて

抱きかかえ運び立たせて大型の犬看るわれの腰もくるしむ

錯乱の苦しみのなか雌犬のコーちゃん逝きぬ十二歳十ヶ月

死に方も死に時も誰も選べねばえらかったねコー怖がりはせず

ジャーキーと百合とコスモスいっぱいの棺に犬のまぶた硬かり

もういないココの布団に生きているシイの移りて動こうとせず

居ないんだけど

おはようと言ったりあんたしっこは?と訊いたり居ないんだけど犬に

もういいよ頑張らなくてと言いたるが犬コーちゃんの死に際なりぬ

しっとりと朝の秋草踏みながら遺された犬との散歩みじかし

ながく目を閉じれば亡くせし黒犬のまっくらな瞳(め)の濡れ濡れとあり

壊れたる家族と見知らぬ町に来てさびしかった犬のココの晩年

せんたくの脱水を待つ数分に消費されゆくわが晩年は

春木川に降りゆく冬の子どもたち水筒斜めにかけて揺らして

どうしても居ないと思うとどうしてもぎゅっとしたいよしたいよココ

二〇一八年

いきいきと動きだしたる感情のやがてひとり
を塗りこめるまで

急性期

霜の朝ちいさき葉っぱのどれもみな菊科のごとくしんとはなやぐ

急性期過ぎて訓練打ち切らるきみのこれからに立つ冬木立

杖歩行のひとに歩調を合わせゆくシイには勤めでもある散歩

クロッカス雪をのっけてぐいぐいと咲ける写真を今日眺めおり

イメージは火を噴くゴジラできるだけ白く遠くへ息吐く冬日

草むらのグローブ二月を濡れながら乾きもしながら古びてゆけり

山の家の樹にふる雪はあなたとの昔話の四章あたり

勤めていた頃

コピーライターとして四社目に勤務ののち独立。
三十代のどのへんだったか。

二晩の会社泊まりに仕上げたるプレゼン資料コピー機に輝(て)る

デザイナー待たせつつ練る一行の「共」の字の語を言い換えたくて

草生なき街路を落葉はすべりゆくえんぴつで書く「葉」の字は手紙

電通のビルは夜中がうつくしいまた遅れてきて笑う担当者

ちゃんづけに呼ばれコピーを変えられつ一度ポストを見に帰ります

黄身濃いわあ、　と言えばしたたる夕の陽に界隈となる中之島なり

焼き鳥のにおいの街を社に戻るとうとつに声に出る元気ですか

枯れ草分けて

同僚を亡くして犬のシイくんは単独留守番勤務がつらい

かあちゃんと公園でするボール投げ遠く放(ほ)ったら犬(わし)いかれへん

咬まへん?と訊いてくる児は触れたき児この犬シイくん撫でてもええよ

三月のなかばの夢にときめきて蕨摘みおり枯れ草分けて

前の夜は木造長家の一階を見てまわる夢　前夫がいたり

仕方なくちいさく世界を生きる夫庭に幼木を剪る昨日今日

おやすみとこの夜も死んだ犬に言う闇に見えくる白き歯並び

しろつめ草

田植え待つ田んぼを鳩のていねいに巡回しゆく朝の陽のなか

朝刊の湿りて届く六月を母は眠ってばかりと聞きぬ

自転車に完成間近の蜘蛛の巣は郵便局までいってかえって

立ち漕ぎに見れば田植をひかえたる田圃の土の深み増しゆく

いちめんのしろつめ草の花の白児らに踏まれて弾力を見す

老い犬の横たわるときしろつめの花のにわかに母性おびゆく

柵越えてふたりの少女川べりに肩をひっつけしゃがんでいたり

緑陰に

ちょくせつに肺あつくなる呼吸（いき）すれば　鳩は電柱にのっかるタオル

輻射熱にむせて咳だかくしゃみだかわからぬものに皺ばむ顔は

サルスベリ咲くだけ咲いたらぱんぱかぱーん夏の祝祭はじまっている

緑陰にとおく見ているサルスベリ紅(くれない)はしずまることをしなくて

鳩たちも入りよなどと緑陰にこころの息は言葉へうごく

家にある車椅子にも緑いろしまわれている走れば見える

車椅子の車輪は知らねばあこがれむいちめんの雪どこまでもゆく鹿

じゃんかじゃんかと胸ふるわせていた蟬が不意に終わらす終わるを告げず

そんざい

うめき声にはじまる朝をいったんは発つのだ犬とボールと

あえぎあえぐ暑き今夏に暑がりの犬の亡きことわれを慰む

わたくしがこわれたら終わる蜻蛉は影から自由なそんざいに飛ぶ

巡回の鳩のうしろをしずしずと立ちゆく朝のちいさき草は

生きていて国交のなき場所にいるごとくにおもう父母のあり

停電の三夜

台風の進路の円のまんなかに大鍋いっぱいおでん炊きだす

試験曳き中止となれるだんじりの庫(くら)ゆ鳴り物鳴りつづけおり

蓬萊さんの解説さなか電源は吹き巻く風に遮断されたり

停電の三夜にランタン燃やしきり助けてくださいと言いぬ四日目

道草の減る

満月ののこりてひくき朝空を訪ねるごとし犬とのあゆみ

てっぺんはあるのでしょうか自販機の影を踏みゆくこの小さき坂

明けたれどうす闇家内にとどまりぬ窓辺に犬の脚を拭き終ぅ

全体に唾液の匂いとなりながら老い犬は白くにごる眼に向く

十一月の畦をまだとぶ蛙の子いつも濡れてる草を出て入る

二頭の犬一頭となり朝夕をともにあゆむも道草の減る

つぎの石さがして跳んでまた跳んで橋なき川を七歩に渡る

たいした樹

ぎゅっと目をつむって眠るタンポポのぽんぽんひらく夢の野原に

風邪ひいて痰吸引を受けるとう母はるちゃんの咽喉に深ける夜

たたき合う葉っぱと葉っぱ懸命にいためあわずにやり続けるとは

むかし棲んだ家は旅籠となりており土間に火燃ゆるあたたかなゆめ

起きぬけのわがふくらはぎのもたつきに峠越えたる記憶だれかと

雫する平気で濡れるこの世には雨のあしたにたいした樹がある

静かな静かなしろつめ草の花たちのまばたきひかる雨の広場に

喧嘩ばかりしているカラス大雨に二羽のならびて崖下にいる

雨煙たてばソヨゴは樹の裡にちいさく息をつかいていたり

心の駅にロックを鳴らす雨上がりブルーハーツの情熱の薔薇

永遠なのか　本当か

いつの日か車椅子にも乗るでしょうきみのほど素敵仕様はムリでも

ぺちゃんこにしめった髪を風が吹くあおき木蔭に帽子をぬげば

生まれきて生きのびることを生きるから草とび渡る鹿はわたしだ

とつぜんに

大きめのニットの帽子の先っぽをつんと立てたりドングリ気分

ドングリじゃない方の実もドングリということにして犬と眺めつ

とつぜんに涙はわきぬなぜこんな小さな樹ばかり細き葉振りて

傷み老い　わたしのまわりの誰彼のかぶせてながきこの世の蓋よ

稜線をはるかに描く眼のなかをとんびがわたるただ水平に

二〇一九年

ある朝を思いつめたり足りなくて足りなさ過
ぎて咽喉を鳴らして

ラジオを流す

三日月に耳のごときをともしつつ金星しばし夜明けとどめぬ

お迎えの近き母なり歯ならびの崩壊すすむ口あけていつ

夫むすめ誰もあなたの好きだった音楽を知らずラジオを流す

特養のグループすみれの角部屋にしずかに眠るプー抱く母よ

むすめのふしめ

「三つが何だったか、あとで訊きますからね」

猫、時計、電車。みーんなしろい雲母の脳（なずき）をたなびくばかり

遠い遠い線路に転ぶを保護されてパトカーに届く母もありたり

冷蔵庫前に骨折り倒れしが旅のはじまり　難破船なのにね

はるちゃんと呼べば笑いき蕊だけになったお花のように簡素に

アルツハイマーを十五年間生き抜いて完全な野の花の死を死ぬ

かろやかにレースをなせる部位もある母のお骨にボルトをさがす

母逝けばむすめはむすめをやめていい時にすずしく思い出し泣く

額あじさい

葬りにようやく三日をゆるされて実家に居たり遠き実家に

ショートステイ休みて犬を介護する留守居の夫に短きメール

亡骸を納棺すれば口すこしあいて居眠りしているごとし

生きている父が死んでる母の顎を押すのだ閉じよと無造作に手で

市民なれば火葬は無料焼けるまでコーヒーを飲む遺族の四人

額あじさい花屋にあらず冬なれど母をおもえば見たくなる花

一度だけ

一度だけ　家を出でゆく母追えと言われ追いにき用水路に沿い

納骨／平成三十一年春のこと

遅霜にはなやぐ朝を老い犬とからすと居たりあら草のうえ

関空発どこ行きやろか飛行機が下から上へ白線のばす

三月の末を東へひとり発つ尾張で父と姉らと合いつつ

骨壺と遺族われらの道ゆきは青山墓地まで　母を埋(うず)めむ

乃木さんの碑のほど近く墓石のあいだあいだの春陽分けゆく

姑の隣に彫られし母の名にも柄杓に残る水をかけたり

俗名のままなる母のなまなまとその名のもとに埋まりつづけむ

新元号発表前の皇居には何列ものひとひたすらな桜

「乾通りが見頃ですから」タクシーの会話しばしば街宣車に止む

わあ素敵。あら瘦せられて。齢近き母は美智子后の画像追いては

ふかく疲れて西へ戻れば細き雨寒がりの母のしたように腕擦る

雨ひと夜磨かれいたる朝の陽に髪散らかったままあるく平気で

風景のなりゆきなるが淋しくて手当たりしだい触れてく葉っぱ

ヒメコブシ思い思いにひらく間をサイレン白く遠退いてゆく

樫の木のなかゆヒヨドリばたばたと慌ただしく発つふり返らずに

薬包の銀

夜の明けに古時計のごと鳩の声シロツメクサのあまねく起きつ

鉄の杖たおれる音の洩れ聞こゆ犬とホースに水を飲むとき

きみの部屋の椅子の一つの車椅子走ることなく六年を経る

後頭部がとてもさむいよ母逝きてふた月なりぬどんどんさむい

天窓をよこぎる鳥にふと暗む朝食あとの薬包の銀が

持っていることが大事なわが夫の障害者手帳にページのあらず

結論のえんえん出でずアオハタの林檎のジャムは今朝なくなりました

夕方を樹のふところに集まりてそれよりながき鳥の冬の夜

怒鳴る

やかましわい。怒鳴られカラスの沈黙のかたえ過ぎゆく犬と我とは

わが夫の地元に住めばあちこちの夫のおなじくとにかく怒鳴る

新緑をひからせ牛滝山の朝病院の窓はみな灯りおり

大人しく咲いているなりヒメジョオン近づき過ぎて揺らしてしまう

一日はこんなに長く気がつけばえっ?というほど齢とりいたり

時計などなくていいのだ一日をまあるく歩いて跳んで鳴いて鳩は

山椒魚

昼過ぎに起きて日付けが変わるまで呑む父某所に棲息しおり

なんかそれ山椒魚ちゃう？　ほんとそう。姉との電話に父を話せば

犬はまだ死の身支度を始めないそを待つ事情われ秘めもつも

梅雨どきにプリペットの枝（え）ののび盛る下校の子らにパンチされつつ

うっすらと明るむ空をつばめの子縦にも横にも軸なるからだ

百日紅花に青みの際立ちぬもちろんぱっと見赤いのだけど

死の際の

目つむれば夏のあら草いちめんに息をしており記憶の原に

黒犬を亡くせしは秋なんにちも降り続く雨を拭って抱いて

死の際の犬のひとみに映りいし夫は壁につかまりおりき

生きのびて犬の一頭十五歳伸びたる草に見えかくれしつ

秋らしき空気の朝を老い犬はただいまを言うように草嗅ぐ

失敗のおしっこ拭きつつもう何年もこんなことばかりしているのです

亡き犬の肉球やわらかかりしこと秋の夕べの鳴る風のなか

吹き溜まる

ながいこと持ち歩きいるチラシには遺品整理その他と刷らる

行き場所を失くしし落ち葉の吹き溜まる排水溝の深きをのぞく

家と犬の世話で仮眠しかしない冬　独居の父が介護度を上げる

失禁の海に倒れいし父の家の庭のレモンはぽんぽん実る

サ高住、老健、ショートステイ父どこも死力尽くして退去す素早く

まる描けるとんびの胸のはるか下　窓などさがしてなんになろうか

音量のあり

同族をはなれ一羽の夕暮れは用水路の辺にくっきりと佇つ

肘あたりから曲げて飛びたつそのきわを寡黙に断ちぬ鳥の行動

木の橋をとんとん音たて渡りたし草のあいだを水は光りて

さよならに音量のあり　坂道を降りきったとき「うん」と言いたり

どんぐりを拾える女の子の二人しゃがみ歩きの間合いのそろう

どんぐりの山の二つを草の上(え)にのこして走っていった少女は

舟だった

黒犬のコーちゃん逝きて二年目の秋です稲刈り遅めのようです

みずひきの花と花との間隔のつぶつぶとして振れば鳴りそう

朝までも真っ暗となるこの頃をみどりのライトで犬と発ちゆく

生きものの身のあることのしんどさを高空に鳴く鳥こえ枯らし

絶望の底の抜けたるあの日より沈みつづける舟だった木のくず

しきりしきりに亡き母想うはつふゆの全方角を影にくるみて

草藪ゆわしえらいめに遭うてもたと出でこし犬の萩の実まみれ

喉ひらくように仰げばにぎやかに卓をかこめる鳥族がいる

今が一番

いち日を洗濯物に照り翳り遠いところが遠くに見ゆ　窓

生きてきて今が一番つらいですと何度も言えばかすれゆく今

這いながらよわった鳥の声出して老い犬は餌（え）を欲（ほ）る全身で食う

くたびれたわが頭（ず）を打ちて大鉢と大皿割れぬひと投げきたり

煮物ごとうつわ投げられ汁かぶる醬油のにおいの私で生きる

もうええわ

誰か人にはなすちからも失くしおりマスクのなかに喉を濡らしつ

寝たきりの犬の体位を替えるにもやらない人に指図されつつ

該当する要望に犬はうなずきぬ注射器でやる水こくこくと飲む

もうええわ。と締めて終わりにならぬ日が冬から春へ渡りゆくなり

階段ターン

令和一年七月。奈良のまんなか。

奥へ奥へ起伏つらねて輝(て)る山の暗める山のふもとに居たり

保証人不要の賃貸見にくれば古き団地の五階に到る

昇ってはターンし昇る地上五階息の弾みを羽ばたきとして

南向く昭和のサッシをわが窓と決めぬ耳成山よ、よろしく

八月。賃貸契約を了解してもらう。

しんどいしんどい夢のさめぎわ混濁の別れ話が黒ずんでゆく

離婚（わかれ）ないなら別居でいいから婚姻費払ってもらう。すごろくの一。

亡き母の初盆に帰り要介護一の父にも別居を告げる

九月。大型犬の介護もかぶさる。出られない。

百日紅ながく咲きたる夏の季を老いぼれ犬はのんびり越えつ

つくつくと鳴く蟬のこえ何周もまわって失(な)くし尽くすということ

十月。たいていのことはできる君は。

障害を負いし秋から七年目「病状」すすんでいると言うけど

十一月。五十六歳になった。一日も早く出たい。

三年半棲みたる土地のお祭りをひとたびも見ずむしろだんじりは死ね

十二月。ツバメの巣の跡の二つを見てのぼる最後の五段
荷を上げつづく

いくたびも来ては階段ターンして扉(と)を開くひなたぼっこの椅子見ゆ

二〇二〇年

いつからか旅に出ていて草小花ぎんがのごと
き野を探しいる

答え合わせはしない

地図はだれのものですか
行き先は見たことのなき灯台であれ仮眠のゆめにバスを走らす

おまじないは雫なのですか
ちっちっちゃあと言いつつ替えれば老犬はまっさらオムツにはつか安らぐ

耳は陽に透けますか

よくやった。わが声に覚めしあかるさに漕ぎゆく今日もこの世の沖へ

約束は遠いのですか

犬も父も長生きだけど菜の花の黄色い匂いのいのちにむせる

雨はどこから音ですか

忘れたいとつよく思ってすっからかんに忘れて逝きぬ母がかがやく

月はよごれますか

暴力はたしかにちから　投げられた皿のかけらに豚バラが混じる

皺くちゃで読めませんか

言の葉のいちばんはじめは愛でしょう？　あああああと泣いてそこから

やさしいのしいくん

最初の緊急事態宣言が出る直前

三月の二十八日夜の更けに犬のシィくん呼吸をやめぬ

介護用ハーネスはずす犬の体のまだやわらかく動かせる間に

泣けるのはまだ先だろうくたくたのわが身ほぐして息ふかくして

春の風、ささみ、樹の枝、ぺちゃ枕、川を蹴る音、シイくんにあげる

やさしいのしいくんと言われた犬の頭(ず)をなで続けやるそう言いながら

相棒のコーちゃんが待つ霊園にキルトにくるみ運ぶ　おもいよ

大好きな最後のひとつを死なせたり。書き置きとしてこころに彫りぬ

籠もりの窓

量感の足りぬ遠目のやまざくら籠もりの窓にいくたび見るも

籠もりから籠もりをわたる春先の階段室にツバメ住みおり

引きこもりでオッケーなれば泣いて寝て泣いて寝てする犬を思いて

あやまりに行きたい犬のシイココのいるところまでジャーキー持って

勢いよくドア開けたれば勢いよく緊急離陸をしたりツバメが

一九棟まえの砂場に降りたちぬツバメの黒の十字つやめく

わが靴音は

みずみずと桜若葉のひかる坂どうにか生きて真昼をのぼる

夏草のなかにぽつぽつ白き花ちいさい風を近くまねきて

子育てのつばめの巣の下なんとなくしずかになれるわが靴音は

蟬声

あっつう　とへたってしまう遠山の下のみどりはガス火にも似る

ゴミおとこの真上の惨ゆ逃げるべく空き部屋あれば今日も見にゆく

ぎぼうしの花うつむきて吹かれおりずっと雨降るようにそこらに

おわかれを尽くせず失くす母のこと犬たちのこと底なく哀し

蟬声に鋳の入る耳　感情は泣くか怒るかどちらかとなる

ようしつく

ながくながく頑張りすぎた私につくつく法師なつかしく鳴く

ようしつくつくつくようしつくようし夏の桜の蔭を選べば

ひとりする引越しでまたくたびれてくたびれる身のあるを疎めり

ゆっくりと治しましょうと言われるも困る今日も死の脚はやくて

起きていたくなくてまた寝る朝昼夕夢では生きて叫んだりする

戻りたいなあ

ひよどりの泰山木に潜りいしが垂らすおおきな秋雨のつぶ

今日ふたつものを言いたり秋風がすきまだらけに吹く樹に向きて

（二年前に死にたる）母を見舞わんとする父（彷徨）の連絡まわる

もう母の居ぬ特養に夜も行きておまわりさんに保護されて父

こわれ方は一様でなく葉の落ちた大樹の間を空は埋めおり

高取川に向きてはだかの桜樹は冬のながれにすがたを映す

大人には大人のぎこちなさありぬ枯葉音なく坂くだりゆく

戻りたいなああの頃に　咽喉のした皺くちゃくちゃな感覚のあり

誰からも離れて誰とも会いたくて　こころの空き地に草ののびゆく

あとがき

第五歌集になる『そこらじゅう空』には、二〇一五〜二〇二〇年の作品から三七三首を選び収めた。奈良の西吉野から大阪の岸和田へ移居し、やがて単身そこを出て奈良の橿原市に、同市で一度の住み替えを経ている。その間、障害を負った夫や老いた両親、大型犬二頭の世話、介護、看取り、送別でいっぱいいっぱいになった。二頭目の犬も看取り終えようやくひと区切りついた、というタイミングで新型コロナウイルスが蔓延。最初の緊急事態宣言が出た。
　ふと気がつくと、身のまわりがなんだかすうすうしてそこらじゅうが空だ。道を歩いていても、家のなかの少し開いている戸や抽斗にも空が垂れこめていて、世の中や自分の手触りがどうにもおぼつかない。どうしよう私。どうなる私。

これからの私へ。「そこらじゅう空」になった日々のことを忘れないよう、歌集名とした。

それでもしんどい時、うたうことは、ほんのかすかでも自分が自分の感触を取り戻すことだった。くたびれ果てて心を病み、自分が生きて息をしていることに耐えられず泣いてしまう、という時にも。私に歌があったことを、それでも光の素を抱きかかえている空のように、あたたかくありがたく思う。

出版に際しては、第三歌集、第四歌集に続いて砂子屋書房の田村雅之さん、高橋典子さん、装本の倉本修さんのお世話になった。元号が変わる少し前、要介護五で特養に入っていた母の衰弱が進んできた、という時期に、令和三十六歌仙シリーズの話をいただいた。一つのよすがとして、一日一日を乗り切ってきたように思う。厚く御礼を申し上げる。

二〇二一年二月

なみの亜子

塔21世紀叢書第382篇
そこらじゅう空　なみの亜子歌集
二〇二一年四月二〇日初版発行
著　者　なみの亜子
発行者　田村雅之
発行所　砂子屋書房
東京都千代田区内神田三―四―七（〒一〇一―〇〇四七）
電話　〇三―三二五六―四七〇八　振替　〇〇一三〇―二―九七六三一
URL http://www.sunagoya.com
組　版　はあどわあく
印　刷　長野印刷商工株式会社
製　本　渋谷文泉閣

砂子屋書房 刊行書籍一覧（歌集・歌書）

2024年8月現在

＊御入用の書籍がございましたら、直接弊社あてにお申し込みください。
代金後払い、送料当社負担にて発送いたします。

	著者名	書名	定価
1	阿木津　英	『阿木津　英 歌集』現代短歌文庫5	1,650
2	阿木津　英 歌集	『黄　鳥』	3,300
3	阿木津　英 著	『アララギの釋迢空』＊日本歌人クラブ評論賞	3,300
4	秋山佐和子	『秋山佐和子歌集』現代短歌文庫49	1,650
5	秋山佐和子歌集	『西方の樹』	3,300
6	雨宮雅子	『雨宮雅子歌集』現代短歌文庫12	1,760
7	池田はるみ	『池田はるみ歌集』現代短歌文庫115	1,980
8	池本一郎	『池本一郎歌集』現代短歌文庫83	1,980
9	池本一郎歌集	『萱鳴り』	3,300
10	石井辰彦	『石井辰彦歌集』現代短歌文庫151	2,530
11	石田比呂志	『続 石田比呂志歌集』現代短歌文庫71	2,200
12	石田比呂志歌集	『邯鄲線』	3,300
13	一ノ関忠人歌集	『さねさし曇天』	3,300
14	一ノ関忠人歌集	『木ノ葉揺落』	3,300
15	伊藤一彦	『伊藤一彦歌集』現代短歌文庫6	1,650
16	伊藤一彦	『続 伊藤一彦歌集』現代短歌文庫36	2,200
17	伊藤一彦	『続々 伊藤一彦歌集』現代短歌文庫162	2,200
18	今井恵子	『今井恵子歌集』現代短歌文庫67	1,980
19	今井恵子 著	『ふくらむ言葉』	2,750
20	魚村晋太郎歌集	『銀　耳』（新装版）	2,530
21	江戸　雪 歌集	『空　白』	2,750
22	大下一真歌集	『月　食』＊若山牧水賞	3,300
23	大辻隆弘	『大辻隆弘歌集』現代短歌文庫48	1,650
24	大辻隆弘歌集	『橡（つるばみ）と石垣』	3,300
25	大辻隆弘歌集	『景徳鎮』＊斎藤茂吉短歌文学賞	3,080
26	岡井　隆	『岡井　隆 歌集』現代短歌文庫18	1,602
27	岡井　隆 歌集	『馴鹿時代今か来向かふ』（普及版）＊読売文学賞	3,300
28	岡井　隆 歌集	『阿婆世（あばな）』	3,300
29	岡井　隆 著	『新輯 けさのことば Ⅰ・Ⅱ・Ⅲ・Ⅳ・Ⅵ・Ⅶ』	各3,850
30	岡井　隆 著	『新輯 けさのことば Ⅴ』	2,200
31	岡井　隆 著	『今から読む斎藤茂吉』	2,970
32	沖　ななも	『沖ななも歌集』現代短歌文庫34	1,650
33	尾崎左永子	『尾崎左永子歌集』現代短歌文庫60	1,760
34	尾崎左永子	『続 尾崎左永子歌集』現代短歌文庫61	2,200
35	尾崎左永子歌集	『椿くれなゐ』	3,300
36	尾崎まゆみ	『尾崎まゆみ歌集』現代短歌文庫132	2,200
37	柏原千惠子歌集	『彼　方』	3,300
38	梶原さい子歌集	『リアス／椿』＊葛原妙子賞	2,530
39	梶原さい子歌集	『ナラティブ』	3,300
40	梶原さい子	『梶原さい子歌集』現代短歌文庫138	1,980

	著者名	書名	定価
41	春日いづみ	**『春日いづみ歌集』** 現代短歌文庫118	1,650
42	春日真木子	**『春日真木子歌集』** 現代短歌文庫23	1,650
43	春日真木子	**『続 春日真木子歌集』** 現代短歌文庫134	2,200
44	春日井　建	**『春日井　建 歌集』** 現代短歌文庫55	1,760
45	加藤治郎	**『加藤治郎歌集』** 現代短歌文庫52	1,760
46	雁部貞夫	**『雁部貞夫歌集』** 現代短歌文庫108	2,200
47	川野里子歌集	**『歓　待』** ＊読売文学賞	3,300
48	河野裕子	**『河野裕子歌集』** 現代短歌文庫10	1,870
49	河野裕子	**『続 河野裕子歌集』** 現代短歌文庫70	1,870
50	河野裕子	**『続々 河野裕子歌集』** 現代短歌文庫113	1,650
51	来嶋靖生	**『来嶋靖生歌集』** 現代短歌文庫41	1,980
52	紀野　恵 歌集	**『遣唐使のものがたり』**	3,300
53	木村雅子	**『木村雅子歌集』** 現代短歌文庫111	1,980
54	久我田鶴子	**『久我田鶴子歌集』** 現代短歌文庫64	1,650
55	久我田鶴子 著	**『短歌の〈今〉を読む』**	3,080
56	久我田鶴子歌集	**『菜種梅雨』** ＊日本歌人クラブ賞	3,300
57	久々湊盈子	**『久々湊盈子歌集』** 現代短歌文庫26	1,650
58	久々湊盈子	**『続 久々湊盈子歌集』** 現代短歌文庫87	1,870
59	久々湊盈子歌集	**『世界黄昏』**	3,300
60	黒木三千代歌集	**『草の譜』**	3,300
61	小池　光 歌集	**『サーベルと燕』** ＊現代短歌大賞・詩歌文学館賞	3,300
62	小池　光	**『小池　光 歌集』** 現代短歌文庫7	1,650
63	小池　光	**『続 小池　光 歌集』** 現代短歌文庫35	2,200
64	小池　光	**『続々 小池　光 歌集』** 現代短歌文庫65	2,200
65	小池　光	**『新選 小池　光 歌集』** 現代短歌文庫131	2,200
66	河野美砂子歌集	**『ゼクエンツ』** ＊葛原妙子賞	2,750
67	小島熱子	**『小島熱子歌集』** 現代短歌文庫160	2,200
68	小島ゆかり歌集	**『さくら』**	3,080
69	五所美子歌集	**『風　師』**	3,300
70	小高　賢	**『小高　賢 歌集』** 現代短歌文庫20	1,602
71	小高　賢 歌集	**『秋の茱萸坂』** ＊寺山修司短歌賞	3,300
72	小中英之	**『小中英之歌集』** 現代短歌文庫56	2,750
73	小中英之	**『小中英之全歌集』**	11,000
74	小林幸子歌集	**『場所の記憶』** ＊葛原妙子賞	3,300
75	今野寿美歌集	**『さくらのゆゑ』**	3,300
76	さいとうなおこ	**『さいとうなおこ歌集』** 現代短歌文庫171	1,980
77	三枝昻之	**『三枝昻之歌集』** 現代短歌文庫4	1,650
78	三枝昻之歌集	**『遅速あり』** ＊迢空賞	3,300
79	三枝昻之ほか著	**『昭和短歌の再検討』**	4,180
80	三枝浩樹	**『三枝浩樹歌集』** 現代短歌文庫1	1,870
81	三枝浩樹	**『続 三枝浩樹歌集』** 現代短歌文庫86	1,980
82	佐伯裕子	**『佐伯裕子歌集』** 現代短歌文庫29	1,650
83	佐伯裕子歌集	**『感傷生活』**	3,300
84	坂井修一	**『坂井修一歌集』** 現代短歌文庫59	1,650
85	坂井修一	**『続 坂井修一歌集』** 現代短歌文庫130	2,200

	著者名	書名	定価
86	酒井佑子歌集	『空よ』	3,300
87	佐佐木幸綱	『佐佐木幸綱歌集』現代短歌文庫100	1,760
88	佐佐木幸綱歌集	『ほろほろとろとろ』	3,300
89	佐竹彌生	『佐竹弥生歌集』現代短歌文庫21	1,602
90	志垣澄幸	『志垣澄幸歌集』現代短歌文庫72	2,200
91	篠　弘	『篠　弘 全歌集』＊毎日芸術賞	7,700
92	篠　弘 歌集	『司会者』	3,300
93	島田修三	『島田修三歌集』現代短歌文庫30	1,650
94	島田修三歌集	『帰去来の声』	3,300
95	島田修三歌集	『秋隣小曲集』＊小野市詩歌文学賞	3,300
96	島田幸典歌集	『駅　程』＊寺山修司短歌賞・日本歌人クラブ賞	3,300
97	高野公彦	『高野公彦歌集』現代短歌文庫3	1,650
98	髙橋みずほ	『髙橋みずほ歌集』現代短歌文庫143	1,760
99	田中　槐 歌集	『サンボリ酢ム』	2,750
100	谷岡亜紀	『谷岡亜紀歌集』現代短歌文庫149	1,870
101	谷岡亜紀	『続 谷岡亜紀歌集』現代短歌文庫166	2,200
102	玉井清弘	『玉井清弘歌集』現代短歌文庫19	1,602
103	築地正子	『築地正子全歌集』	7,700
104	時田則雄	『続 時田則雄歌集』現代短歌文庫68	2,200
105	百々登美子	『百々登美子歌集』現代短歌文庫17	1,602
106	外塚　喬	『外塚　喬 歌集』現代短歌文庫39	1,650
107	富田睦子歌集	『声は霧雨』	3,300
108	内藤　明 歌集	『三年有半』	3,300
109	内藤　明 歌集	『薄明の窓』＊迢空賞	3,300
110	内藤　明	『内藤　明 歌集』現代短歌文庫140	1,980
111	内藤　明	『続 内藤　明 歌集』現代短歌文庫141	1,870
112	中川佐和子	『中川佐和子歌集』現代短歌文庫80	1,980
113	中川佐和子	『続 中川佐和子歌集』現代短歌文庫148	2,200
114	永田和宏	『永田和宏歌集』現代短歌文庫9	1,760
115	永田和宏	『続 永田和宏歌集』現代短歌文庫58	2,200
116	永田和宏ほか著	『斎藤茂吉─その迷宮に遊ぶ』	4,180
117	永田和宏歌集	『日　和』＊山本健吉賞	3,300
118	永田和宏 著	『私の前衛短歌』	3,080
119	永田　紅 歌集	『いま二センチ』＊若山牧水賞	3,300
120	永田　淳 歌集	『竜骨（キール）もて』	3,300
121	なみの亜子歌集	『そこらじゅう空』	3,080
122	成瀬　有	『成瀬　有 全歌集』	7,700
123	花山多佳子	『花山多佳子歌集』現代短歌文庫28	1,650
124	花山多佳子	『続 花山多佳子歌集』現代短歌文庫62	1,650
125	花山多佳子	『続々 花山多佳子歌集』現代短歌文庫133	1,980
126	花山多佳子歌集	『胡瓜草』＊小野市詩歌文学賞	3,300
127	花山多佳子歌集	『三本のやまぼふし』	3,300
128	花山多佳子 著	『森岡貞香の秀歌』	2,200
129	馬場あき子歌集	『太鼓の空間』	3,300
130	馬場あき子歌集	『渾沌の鬱』	3,300

	著者名	書名	定価
131	浜名理香歌集	『くさかむり』	2,750
132	林　和清	『林　和清 歌集』現代短歌文庫147	1,760
133	日高堯子	『日高堯子歌集』現代短歌文庫33	1,650
134	日高堯子歌集	『水衣集』＊小野市詩歌文学賞	3,300
135	福島泰樹歌集	『空襲ノ歌』	3,300
136	藤原龍一郎	『藤原龍一郎歌集』現代短歌文庫27	1,650
137	藤原龍一郎	『続 藤原龍一郎歌集』現代短歌文庫104	1,870
138	本田一弘	『本田一弘歌集』現代短歌文庫154	1,980
139	前　登志夫歌集	『流　轉』＊現代短歌大賞	3,300
140	前川佐重郎	『前川佐重郎歌集』現代短歌文庫129	1,980
141	前川佐美雄	『前川佐美雄全集』全三巻	各13,200
142	前田康子歌集	『黄あやめの頃』	3,300
143	前田康子	『前田康子歌集』現代短歌文庫139	1,760
144	蒔田さくら子歌集	『標のゆりの樹』＊現代短歌大賞	3,080
145	松平修文	『松平修文歌集』現代短歌文庫95	1,760
146	松平盟子	『松平盟子歌集』現代短歌文庫47	2,200
147	松平盟子歌集	『天の砂』	3,300
148	松村由利子歌集	『光のアラベスク』＊若山牧水賞	3,080
149	真中朋久	『真中朋久歌集』現代短歌文庫159	2,200
150	水原紫苑歌集	『光儀（すがた）』	3,300
151	道浦母都子	『道浦母都子歌集』現代短歌文庫24	1,650
152	道浦母都子	『続 道浦母都子歌集』現代短歌文庫145	1,870
153	三井　修	『三井　修 歌集』現代短歌文庫42	1,870
154	三井　修	『続 三井　修 歌集』現代短歌文庫116	1,650
155	森岡貞香	『森岡貞香歌集』現代短歌文庫124	2,200
156	森岡貞香	『続 森岡貞香歌集』現代短歌文庫127	2,200
157	森岡貞香	『森岡貞香全歌集』	13,200
158	柳　宣宏歌集	『施無畏（せむい）』＊芸術選奨文部科学大臣賞	3,300
159	柳　宣宏歌集	『丈　六』	3,300
160	山田富士郎	『山田富士郎歌集』現代短歌文庫57	1,760
161	山田富士郎歌集	『商品とゆめ』	3,300
162	山中智恵子	『山中智恵子全歌集』上下巻	各13,200
163	山中智恵子 著	『椿の岸から』	3,300
164	田村雅之編	『山中智恵子論集成』	6,050
165	吉川宏志歌集	『青　蟬』（新装版）	2,200
166	吉川宏志歌集	『燕　麦』＊前川佐美雄賞	3,300
167	吉川宏志	『吉川宏志歌集』現代短歌文庫135	2,200
168	米川千嘉子	『米川千嘉子歌集』現代短歌文庫91	1,650
169	米川千嘉子	『続 米川千嘉子歌集』現代短歌文庫92	1,980

＊価格は税込表示です。

砂子屋書房
〒101-0047 東京都千代田区内神田3-4-7
電話 03（3256）4708　FAX 03（3256）4707　振替 00130-2-97631
http://www.sunagoya.com